KB271360

양은
도시락

양은
도시락

한 인 석 시집

도서출판 도훈

시인의 말

시집을 낸다는 것은 집 한 채를 짓는 일이다.
첫 시집을 낸 후 14년 만에 흩어져있던
재목들을 모아 놓고 보니
변변한 재목이 하나도 없는 것 같다.
하지만 이렇게라도 하지 않으면
뿔뿔이 흩어져있는 분신들에게
이산의 아픔을 줄 것도 같고,
또한, 나를 채찍질하는
집짓기가 계속될 수 있도록
재목을 다듬는 일을
게을리하지 않기 위해
용기를 내어 두 번째 집을 지어
세상에 내어놓는다.
설계와 감리를 해주신 분들께 감사드리며
새집에서 사는 꿈을 꾸어본다.

2022년 가을
한인석

차례

1부

다솜을 불러오다

민들레 같은

낙하산이 착지한 곳

하필이면 보도블록 틈새

삶의 시작은

황폐하고 목말랐지만

그곳에서도

사랑은 위대하였네

낮은 곳에서

쌉쌀한 맛 가슴에 품고 살아온

어머니 같은 삶

노랗게 배시시 웃고 있는

그에게

자꾸 눈길이 간다

아버지 반지

적금 타서 회갑 기념으로 사드렸던

금반지 서 돈

강산이 두 번이나 바뀌었어도

굳세게 빼지 않았던

마치 장기臟器와도 같았던

번쩍이던 누런 자랑거리가

다시 내게로 돌아왔다

이제는 몸도 마음도 헐거워져

빠져 달아날 것 같다는

그래서 대물림해야겠다는

아버지의 이십 년 세월

닳아 없어진 말년의 반 돈

알곡은 스멀스멀 기어나가고

껍질뿐인 둥그런 우주만 남았다

아버지와 나

그리고 아들을 연결시켜 주는 고리

닳아서 빛을 발하고 있는

아버지의 세월

반 돈

벽시계

처음 시집온 그 자리에서
돌고 돌아온 한평생

가슴 졸인 나날들이
굳은살로 박혀버린
먼지 가득 쌓인 속이지만

같은 속도, 같은 소리로
긴장을 풀지 않았던
한 방향의 곧은길

안방을 지켜온 자리
늘 깨어 있는
어머니 자리

탑

아기가 일을 한다

앞에서 보면 사랑스럽고

뒤에서 보면 깨물어주고 싶은

그냥

보고만 있어도 예쁜

향기가 있는 행위예술

아기가 탑을 쌓는다

오늘도 밥값으로

모락모락

온몸 돌기를 일으켜 세워

금빛으로 만들어낸

선물

.

.

.

똥

원서헌 산목련

미색의 두루마기를 입은 듯

정갈한 선비의 자태로

노을 진 원서헌遠西軒 대문을 지키고 있는

한 그루 산목련

삐거덕거리는 골마루에

뿌리를 내리고

아주 오래된 감나무처럼

시상에 잠긴 노시인

영양분이 술술 다 빠져나가기 전에

수수밭 고랑에서 잡던 굴비 같은*

횡재는 아닐지언정

떡붕어라도 걸리지 않을까

그물을 치고 있다.

세월의 흔적을 더듬는 일이

그리도 고팠던지

도토리 전에 막걸리 한 사발이

그리도 목말랐던지

산목련 한 송이 뚝 꺾어

내 마음이야~

건네는

그 노을이 참 곱다

* 오탁번 시인의 「굴비」에서 인용

지옥에서 탈출한 아들

두 평 감옥에 너를 밀어 넣고 오면서

가슴 짓누르는 흉통에 시달렸다

날마다 머리 위에 바위를 올려놓고

안개 속을 헤매고 있을

너를 생각하면서도

나는

매달 줄어드는 통장의 숫자에 갈등하는

아비에 불과했다

감옥살이 이 년 반 만에 날아온 카톡

-아빠, 저 지옥에서 탈출했어요

나도 모르게 줄줄 흘러내리는 눈물

감격하여 통화버튼을 눌렀더니

뚜-뚜-뚜

비로소 빛이 들어가는가 보다

살얼음판의 안개가 걷히는 것 같다

산속 고시원 콘크리트 벽에 파놓은 글자들이

탈옥을 꿈꾸는

청춘들의 처절한 몸부림이었다

연리지

골바람이 이끄는 대로

가쁜 숨 몰아쉬며 올라온 법흥사

솔향기 안개 옷 입고 내려앉은 골짜기

새털구름 풍덩 빠져버린 물속엔

사자산이 숨어 있다

때로는 혼자이고 싶다는 생각 한 줌 들고

하늘 속으로 걸어 들어가기도 하지만

시리다 못해 찌릿하게 가슴을 훑는 심상

나뭇잎에 실려 떠내려간다

한 치 건너

볼품없는 나무에 허리 굽혀 기대선

목이 긴 소나무를 보며

옆자리에 동행을 생각한다

산다는 게 같을 수야 있으련마는

저 나무들은

서로 다른 생각을 갖고 있다 해도

등을 내어 주는 배려에

가는 길이 외롭지 않겠다

둥지를 떠난 새

동이 트기도 전 총총걸음으로 나와

자정이 넘어서야 돌아오던 둥지

재잘재잘 꿈을 따러 다녀야 할 방년 나이에

웃음조차 잃어버린 삼 년의 짐

벗어 놓은 멍에가 빈 둥지에 쭈그리고 앉아있다

아직 솜털도 벗겨지지 않은

덜 자란 날개로 둥지를 떠난 새

뒤뚱거리는 어설픈 날갯짓

먹이라도 제대로 찾을 수 있을까?

헤매다 부딪쳐 상처는 입지나 않을까?

어미 새는 늘 북쪽으로 귀를 세우고 마음 졸인다

한 번도 가보지 않은 큰 산에

새 둥지를 마련해주고 돌아오는 길

지나간 나날들이 찍다 만 필름처럼 풀어지며

어미 새는 찔끔 눈시울을 적셨지만

아기 새는 자유가 담긴 필름을 감으며
저 혼자 다 이룬 양 의기양양하다

품 안의 자식이라더니
슬그머니 약이 오른다
피멍 든 날개 숨기며 홀로 서려는
혼자 나는 연습이 대견스럽다
낡은 둥지를 지키고 있는
아버지의 축 처진 날개가 투영되며
또 한 번 목이 메인다

미안하다 8237

너와 처음 만났을 때

덩치가 크다고 다들 한마디씩 했었지

난 그래도 듬직한 네가 마음에 들었어

내가 너를 좋아하면 할수록

언제나 너는 내 곁에 있었지

봄밤 박달재 언덕에서

꽃망울 터지는 소릴 들으며

보름달을 내 안으로 불러들인 적도 있었지

땅끝마을에 갔을 땐

신발이 닳도록 널 혹사시켰어도

넌 불평 한번 안 하며 나를 따랐지

그러나 세월은 못 속이는가 보더라?

무주를 갔다 올 땐

네가 힘들다며 주저앉는 바람에

당황한 적도 있었어

길가 병원에서 몇 시간 치료하고는

언제 아팠냐는 둥 씽씽 힘을 내는

네가 정말 고마웠어

내 기분에 따라서 너를 몰아칠 때도

너는 한번 숨을 돌려 나를 따랐지

천천히 여유를 가지라고,

나의 숨겨진 비밀까지도

고스란히 다 알고 있으면서

침묵을 지켜주는 너를 볼 때마다

생의 한 조각을 함께 일궈 온

동반자라는 생각이 문득문득 들곤 했지

너와 함께한 십여 년 동안

네 이름표를 바꿔주면서까지

서로 믿고 의지하며 정이 들었지

너와의 여행길은 언제나 즐거웠고

너는 내 삶을 이만큼 성숙시켜 주었지

얼마 전 내가 저지른 처음 실수로

네 몸과 내 마음이 많이 아팠지

네 생이 끝나는 날까지

비밀 지켜 줄 거지?

만남은 헤어짐의 시작이라 했던가

이제 너와 내가 이별할 때가 된 것 같다

그동안 네가 내게 만족을 준 만큼

난 너에게 해준 게 없어

나를 위해 너에게 최소한의 투자를 한 것뿐

인간이 가진 욕구가 거품처럼 부풀어 오르며

난 또 다른 욕심을 채우기 위해

너와의 소중한 인연을 가슴에 담는다

미안하다 8237

갤로퍼 Ⅱ

섬

*다솜 : 애틋한 사랑

산 위에 새가 앉았다 간다 해서

섬島이라고 했던가

지천명을 날아온 새

날갯죽지 힘 빠지고

마음 창고는 비어만 간다

둥지를 떠나지 못한 새까만 눈동자들

공간의 틀에서 허우적대다가

잠시 숨 고르기를 한다

샘물 같은 인연을 품은

동안거冬安居하고 싶은 섬

그 품에 안겨 빈 지갑을 채운다

새록새록 돋아나는 다솜*

앞서거니 뒤서거니 달려온 길이 보이고

수평선 너머 포말 되어 사라지는 욕심

시공時空의 속도를 늦춘다

처진 날개 깃털을 세워줄

나만의 휴休

초보 선원

서툰 말이 잘 통하지 않아

통통선 엔진 소리보다 더 크게 소리를 지른다

그래도 의사소통이 안 되면

돛새치처럼 몸을 날려 눈치로 때려잡아야 한다

나는 어족과 사투를 벌이는 전사

치열한 전쟁을 치른 뒤에 오는 나른함이

희열을 느낄 겨를도 없이 눈꺼풀을 짓누른다

배 속에서는 너울성 파도가 헤집고 지나간 뒤

공명共鳴을 일으키고 있지만

행여 멀미를 들켜버릴까 목구멍까지 올라오는

새벽을 꾸역꾸역 삼킨다

그래도 허기를 채우기 위해 해물라면을 끓이는

아귀처럼 되어버린 퉁퉁 불은 손

펄떡이는 싱싱한 바다가 후루룩후루룩

빨려 들어간다

그물에 걸려온 갑오징어가 배 속을 유영한다

한 끼의 행복 가득한 평형수를 채우고

포만감으로 가득 찬 만선이

어판장을 향해 미끄러져 들어온다

코를 찌르는 비릿한 내음이

눅진하게 달라붙을 무렵

아내에게서 카톡이 왔다

'꼬강렌'*

눈이 번쩍 뜨이며 생기가 돈다

*꼬강렌 : 베트남어로 '힘내세요'

비밀

빈방, 덩그러니 누굴 생각하다
살짝 흔들려 본 적 있나요?
잿빛 슬픔 눌렀다 다시 부풀려
하얀 소금 만들어 낸 적 있나요?
초연한 별 그림자에 놀라
까맣게 멍울 들어본 적 있나요?
저 혼자 별꽃 따서 가슴에 품고
가슴 뛰어본 적 있나요?

고드름 꽁지에 매달린 심상처럼
이 겨울 지나고 나면
흔적 없이 사라질 것 같은 두려움에
언 몸 녹여줄 훈풍도 마다하고
바람이 쓸고 간 빈 벤치로 나갑니다
하늘 밭에 뿌려놓은
다솜의 씨앗들 잠시 빌려
끝 단추를 여밉니다

안 되는 것 뻔히 알면서도

언젠가 우울하고 허허로울 때

달맞이꽃 닮은 그 별

살며시 다시 꺼내어

빈방, 가득가득 채우렵니다

감꽃 목걸이

문틈으로 들어오는 빗살무늬 햇살에 눈 비비고 나오면, 마당을 지키고 있던 감나무가 여우별 같은 감꽃을 후드득 마당 가득 뿌려 놓았지. 동생 몰래 주워와 하나둘씩 실에 꿰어 만든 금빛 목걸이, 하얗고 긴 목을 가진 그 애에게 걸어 주었지. 하루거리를 유난히도 자주 앓던 그 애는 내가 걸어 준 목걸이가 특효약이었던지 이튿날이면 배시시 풀꽃 같은 웃음을 숨겨와 안주머니 속에 깊이깊이 넣어주었지. 아직도 내 어딘가 깊은 곳에 숨어있는 감꽃을 닮은 그 애 웃음, 내 이석증을 고쳐준 특효약이 되었지.

2부

서정에 물들다

난蘭

책상 모퉁이에 오도카니 앉아

온종일 나를 감시하던 가녀린 얼굴

표정 없이 가끔 내가 주는 적선을

홀짝홀짝 받아먹으며

내 행동을 기억장치에 담고 있는지도 몰라

목소리에 짜증이 들어간 날이나

손끝에 독기가 들어간 날이면

파절이처럼 풀이 죽어있던 그가

전화기와 자판이 나누는 밀담을 듣고

가슴 풀어헤치고 있네

풀린 단추 사이 언뜻언뜻 보이는

속살 깊은 골

뿌리를 찾는 눈길 따라가다

광선이 꽂히는 곳

연자줏빛 꼭지를 내보이고 있네

건조한 무채색 공간에

페로몬 향이 퍼지고,

겨우내 닫혔던 마음에

창 하나를 만들어 놓았네

온종일 나만 바라보는 그를 위해

내일은 푸욱 담가줘야 할 것 같은 생각

화사花蛇

저기 꽃뱀 한 마리

보발재를 거슬러 오른다

낮은 곳에서 보일 듯 말 듯

꽃불 단 꼬리를 휘저으며

산마루까지 연분홍 독을 내뿜는다

산이 깊어서일까 아직

눈도 못 뜬 나무들 틈에서

늦은 봄의 문을 활짝 열어젖히고

바람난 그들을 유혹하고 있다

내려올 때 보지 못했던 꽃 이불속 그림

헤드라이트 불빛에

더 길어진 붉은 등을 타고

하늘 속으로 파고든다

유혹인 줄 뻔히 알면서도

한 번쯤 그 품에 푹 파묻히고 싶은 자태

액셀러레이터를 밟는 다리가 후들거린다

단전에서 만들어내는 독,

심장에서 뿜어내는 향,

망막이 마취되고 있다

골짜기가 꽃 난장亂場이다

용담폭포

금수산 못 속에
똬리 틀고 있는 용 한 마리

가뭄 들면 산속에 파고들어 꼬리만 보이다가
장마 지면 괴성을 지르며 온 산천 호령하다가
바람 일으켜 물보라 속 나비 떼 풀어놓더니

은비늘 번쩍이며, 속마음 술술 풀어
청풍강에 실려 보내고 있네

백년의 휴休

나 의림지 둑에서 100년을

수문장으로 살았네

수많은 이들에게 내 몸매를 과시하며

쉼표, 그늘을 내어주었지

천년을 살 것 같은 자신감도

화禍 앞에서는 속절없이 무너졌네

생生은 한 치 앞을 못 보는

물안개 같은 것

이제 고사목이 되어서도

그들에게 쉴 수 있는

쉼표, 자리를 내어주고 싶어

누워서 벤치가 되었네

육신이 썩어 없어지는 그날까지

나를 찾는 이들에게

아름다운 휴休로 남고 싶어

꽃등

고라니만 다니는 사발재 산마루

온 산을 환하게 밝히는
등불 하나 걸렸네
산배미에 비스듬히 기대선
허리 굽은 돌복숭아나무
살아 있음이 경쟁인 틈새에서
비대칭이 더 잘 어울리는
화신의 초상인가
-나 좀 봐 주세요
한 해에 딱 한 번 고백을 위해
연분홍 립스틱 짙게 바르고
몸살 앓는 저 연정
봄 바다가 몰고 오는
파스텔톤 물안개처럼
먹물 깊은 내 가슴에도
저런
꽃등 하나 걸렸으면

앵두꽃

양지바른 장독대 옆

은빛 원피스 입고 선 풍만한 여인

솜털까지도 눈부셔라 저 꽃등

폴폴 들려오는 풍문의 질투

하늘로 하늘로 반사되는 은침들

화냥기 없이도 훅 달아올라

달콤하게 익어갈 몸매

선홍빛 탱글한 그 입술 생각하면

차마 먼발치서 보기만 해도

가슴 뛰는 한낮

능소화

애절함이 절절히 묻어나는 꽃

그 누굴 기다리기에

하늘로 하늘로 귀 기울이다가

지쳐 툭 떨어지고 말았나,

처서의 여지 앞에

미련도 욕심도 다 내려놓고

이제 돌아갈 준비를 하는 걸까?

오로지 한 사람만 바라보던

한 많은 꽃

주홍빛으로 불타던 젊음

담장 밖으로 귀를 열어놓고

아직도 시들지 못하고 있네,

낙화의 순간에도

독을 품고 떨어지는

저 자존심

닮고 싶어라

삐딱하게 내리쬐는 늙은 볕에

다소곳이 풍장을 준비하는

귀족

하늘 일기장

동이 트기도 전
슬며시 잠자리를 빠져나가는 아내
하늘 탓을 하며 들어온다
땅이 돌덩이 같다고,

대여섯 평 남짓한 일기장에
호미로 써 내려가는 기록
여린 모종으로 그림을 그리다가
잡초가 머리를 내밀면
가차 없이 호미 날을 휘두르는 저 용기

도시의 불빛이 닿지 않는 한갓진 자리에서
꿈틀대는 파릇한 그림일기를 쓴다
서로 머리 맞대고 다투다가
서로 팔 밀치고 키재기하다가
서로 얼굴 비비며 사랑하다가
불뚝 배가 불러지는 옥수수

고추, 상추, 가지, 토마토, 올망졸망

바구니 가득 내려놓으며 하는 한마디

다 하늘 덕이라고,

붉은 물결

찬비에 더 붉어진 목덜미가
하늘 거울에 비쳐
온통 핏물 범벅이다
월악산을 펌프질하던
터져버린 심장
억수계곡이 물들고 있다

오래전 그날에도
붉은 물결 스며들어
월악리가 물들었다
목숨 건 싸움, 빨치산 색출에
숨죽였던 사람들

영봉 난간에 매달려 내려오는
붉디붉은 기운
삼전리 감나무가 횡재를 만났다
세월에 닳은 지문처럼

월악의 가을은

돌부리도 살갑다

약식동원藥食同源

봄볕이 옷을 갈아입히는 아침나절

소롯길에서 마중 나온 참쑥을 만났다

어린 것은 모두 예쁘다는 말에

고개를 끄덕이며

돋아나는 봄을 뜯는다

똑똑 꺾을 때마다 올라오는 쑥향

어린 기억을 들춰내고 있는

먹기 싫었던

그 쑥버무리 향이

향긋하게 변해있었다

저녁상에 올라온 쑥국에 몽실몽실

하얀 쑥꽃이 피었다

이루 다 말할 수 없는 쑥의 전설

그 비밀을 한 겹씩 걷어내며

보약補藥을 먹는다

척박한 세상에서도 쑥쑥 잘도 살아가는

정기精氣가 곧 약식藥食이 아닐까?

피어나는 봄을 맘껏 마신다

고운매*
-코스모스-

한입 베어 물면 왈칵 눈물을 쏟아 낼 것 같은 서쪽 하늘, 기스락*에 걸린 잎새 하나 팔랑거리고, 버스정류장 밖에서 먼 곳을 응시하는 옅은 쑥색 바바리 깃에 얼굴을 반쯤 가린 연분홍 립스틱이 얼핏얼핏 궁금증을 유발한다.

곧장 지나가도 되는데 그때의 기억이 발길을 잡고 있어 나는 그만 무엇을 잃어버린 듯 그 앞을 몇 번이나 서성거리며 힐끔힐끔 곁눈질로 그의 뒷모습을 훔친다.

늘씬한 다리와 목선이 아름다운 그가 허리를 살살 흔들 때마다 하얀 이와 보조개, 그리고 금세 다가올 것만 같은 입술이 하늘빛과 너무나도 잘 어울린다.

몰려 있을 때보다 홀로 있을 때 색바람 부는 날 멀리서 바라보는 자태가 더 아름다운 그녀, 그런 그가 늘 거기에 서 있는 것은 아니다.

마음속에 못다 그린 그림으로 남아 늘 애달파 하면서

가득 찬 것은 비워야만 또 채울 수 있다는 오래된 상념

하나를 지운다.

봄바람

잿빛 하늘에 뜬

에메랄드빛 파동

어느 별에서 보내는

암호인지는 모르지만

그 울림은

처마 끝 거꾸로 선 가시를

눈물짓게 만들고

겨우내 틈새를 지키느라

목이 다 쉰 문풍지도

떨림을 멈추게 했다.

목덜미가 흰 물버들

울렁이는 가슴 억누를 새도 없이

어둠 뚫고 밀어 올리는 촉감

숨이 가빠온다

한 시절 또 한 번 속아보고 싶은

그대

이제 오시려나

낙엽 지고 나니

뚝 떨어지고 나니 후련하다

몸속 남아있던 한 줌 수분까지

다 소진시켜

새털처럼 가벼워진 몸

바람에 맡겨 산마루로 간다

불타는 심장, 고동치던 피

치열했던 경쟁 속에서

온몸 붉게 타올랐던 지난날

감친* 이별 앞에 서니

한껏 부질없는 미련

툭툭 털어 비우고

하얗게 눕는다

또 한 시절이 잠든다

낙화의 순간에 떠오른

바람꽃에 매달린 희망

시작의 지점이다

*감치다 : 느낌이 사라지지 않고 계속 감돌다

3부

서사를 그리다

장마, 그 후

요란한 전화벨이 새벽잠을 깨운다

형님, 고향에 비가 많이 왔다문서유?

아 글씨, 집 다 떠내려가는 줄 알았지뭐여

그렇게 말라비틀어지던 하늘이 터지고 보니께

버지기*로 쏟아붓더구먼

워디, 피해는 없던가유?

괜찮어, 우리 동넨 살았네 그려

개샘*이 터져서 매란*도 없긴 허지만

그라도 그만허길 다행이네유

그려, 내일은 선친 묘소나 둘러봐야겠네

개샘도 터지고 형님 일복도 터졌네유

비 안 온다구 매일같이 하늘에 대구 욕을 퍼 댔더니

물 폭탄을 쏟아 부었지 뭔가

동상두 물 조심허시게

골 파인 마당에 물길을 내는 아버지 뒤로

옥수숫대 허리가 ㄱ자로 꺾여 있었다

*버지기 : 자배기의 방언
*개샘 : 물줄기가 탁 트여서 콸콸 쏟아져 나오는 샘
*매란 : 마련의 방언

무임승차

집도 절도 없는 떠돌이는 겨울이 서럽다

짧은 햇살도 잠시, 어둠이 밀려오고

도심 속 아파트 가로등이 불을 밝힌다

저녁 끼니는 대충 쓰레기 봉지를 뒤져 해결했다

엄마 아빠도 어디선가 고된 하루를 접고 있겠지

대설이라는데 눈은 안 오고 바람만 매섭다.

누울 곳을 찾아 어슬렁거리다가

온기가 전해지는 덩치 큰 기계 속으로 들어갔다

아침까지도 따뜻해서 늦잠을 잤다

갑자기 지축을 뒤흔드는 굉음이 들리더니

흔들리고 시끄러워 머리를 들 수가 없다

터널 속으로 빨려 들어가는 것만 같다

좁은 틈새로 더 깊숙이 숨어들어 울음을 터트렸다

울고 또 울다 보니, 흔들림도 소음도 멈췄다

무섭고 두려워 눈을 뜰 수조차 없다

어디선가 회오리바람이 좁은 틈새를 헤집더니

털이 다 벗겨질 것 같은 고통에

후다닥 뛰쳐나오고 말았다

무단침입 죄를 호되게 치렀다

야옹~

절집 통시깐*

근심으로 가득 불린 배 끌어안고

허겁지겁 들어와 허리끈을 푼다

번민으로 버무려진 과욕 덩어리들

밀어내는 배설의 쾌감

곪아 빠진 생각들

천 길 아래로 떨쳐버리니

켜켜이 탑이 쌓인다

사부자기 만든 울이 보인다

의심 많은 굴뚝새 한 마리

기웃거리다 놀라서 줄달음치고

돌쩌귀 틈새로 들어온 실바람

그 소식 요사채까지 전해주고 간다

비움으로써 비로소 얻어지는

세속의 희열

부려놓은 생애가 황산을 만들고

그 산 점점 자라더니

울 밖으로 나간다

다 비우고 허리끈 졸라매면

금세 또 가득 채워질 욕심

-욕심이근심이되고근심이욕심이되고

덜컹덜컹 문 두드리는 소리

밖에 누가 또 비울 것이 있나 보다

*통시깐 : 뒷간의 방언 (변소)

맥주, 그 깔끔함에

금빛 노을에 염색된 파도가

내게로 달려든다

상큼한 포말 속에

무한의 외로움이 버무려져 있다

청산도, 그 오래된

비탈을 덧칠하던 청보리밭

보이는 것이 온통 물이건만

늘 목이 말랐던 그들

구들장 논에 물을 대는 심정으로

투명한 바다를 삼킨다

톡 쏘는 4.5도의 알싸함에

세포들이 매료되어간다

나를 옭아매었던

거추장스러운 것들이

스멀스멀 기어 나온다

안개 속에 숨어 있던

또 다른 내 모습도 보인다

슬로시티에서

깔끔하게 비워본다

혼자 놀기

소음으로 가득 찬 캡슐

반 평도 안 되는 우주 공간

이어폰 꽂고 채널을 돌린다

알아들을 수 없는 대화들

낯설은 영상 눈치로 때려잡다가

옆자리 금발의 눈치를 보며

쭈뼛쭈뼛 망설이다가

생리현상을 해결하러 간다

뒤틀려오는 허리, 달라붙는 오금

비몽사몽 쪽잠 속에

스페인 라만차 마을 돈키호테의 유랑 길을 따라간다

용기만 갖고 넘기란 녹록지 않은 세상

산초의 고민을 더듬고 있는데

배달되어오는 느끼한 음식들

또 소꿉장난을 한다

문득 스쳐 지나가는 그리운 얼굴

지우지 않은 휴대폰 문자들이 일어나

스멀스멀 기어 나온다

캡슐 속에서 사육된 11시간

극서에서 극동으로 여명을 뛰어넘는

파리~인천행 에어프랑스

김장을 담그다가

무서리에도 굽히지 않고

칼칼하게 맞서던 그 성깔

소금 한 줌에 고분고분해졌다

밤새 삭이고 삭혀

살아온 날들 잠재우고 나니

한결 부드럽고 편하다

매콤짭짤 알싸한

또 다른 부류와 어우러져

차곡차곡 칼잠 자는 정갈한 몸

그리고 숙성

따끈한 밥숟갈에 올려진 한쪽

태초의 맛이다

나도 모르게

점점 숙성되어가고 있는 몸

살맛을 위한 몸부림인가?

일개미

가을빛이 노글노글 내리깔린 창가

줄지어 늘어선 길이 보인다

더듬이 따라 길게 이러진 피난길

제 몸집보다 더 큰 짐을 이고 지고

허리가 끊어질 듯 끊어질 듯

다붓다붓 줄지어 간다

오가다 마주치면 속닥이다가

또 제 갈 길을 가는

살아있음을 고하고 있는 움직임

일을 찾아 일에 묻혀 사는 날들

지하도 박스 상자에

몸을 구겨 넣고 있는 그들보다

더 힘세고 활기찬 그들

해 떨어지기 전

과자 부스러기는 모두

베란다 밖으로 옮겨져 있었다

새벽 모기

애앵~

새벽녘 단잠을 깨우며 귓전을 스치는 소리,

무의식중에 허공에다 손을 휘젓는다

잠잠해지는가 싶더니 이내 허벅지가 따끔,

콧등도 시큰하다

긁적이는 손끝에 약이 올라 있다

그 녀석을 추락시켜야겠다는 생각에 더듬더듬

조명탄 스위치를 찾아 딸깍 쏘아 올렸다

순간 곡선을 그으며 비행하는 악의 날개

급한 대로 양 손바닥으로 조준 발사

몇 차례 압사를 시도했으나 실패의 연속이다.

필사의 탈출 앞에 허둥대고 서 있는 나

춤도 아니고, 체조도 아니고,

지금까지의 삶도 그러했을까?

평상시엔 좁다고만 생각했던 방이

이때는 왜 이렇게 넓어 보일까?

마음이 다급하면 뭐는 안 그럴까

침 한 방에 무너지고 마는

자존심

씨앗

경칩을 갓 넘긴 새벽

실핏줄에 전해오는 애무의 전율

숙면하던 기운이 꿈틀대고

뜨거운 에너지가 한곳에 모이더니

깊숙한 곳에서 발기가 시작된다

눈뜨기 위한 젊은 날의 유혹도

잘 참아 온 수음도 모두 덮고

창대 같은 빗줄기 쏟아부을

웅숭깊은 곡신谷神*을 찾는다

가녀린 눈을 말뚝처럼 일으켜 세우는

힘의 원천은 종족 번식의 꿈

바위틈에서도 모래밭에서도

속살처럼 일어선다

꽃비 내리는 밤

사해가 출렁이는 듯한 교성

찍찍 갈라지는 자궁

아!

새 생명이 눈을 뜨는 순간이다

* 한승원의 '원효'에서 인용
* 곡신谷神 : 노자가 말한 우주 창조의 자궁

안벽 크레인

짭짤한 포말이 는개처럼 피어오르는

영일만 컨테이너 부두

네 다리로 버티고 선 기린무리들

안벽 끝에 일렬횡대 줄 맞춰

바다 건너를 바라본다

신호수가 언제든 명령만 내리면

목을 길게 늘여 먹이를 낚아챌 기세

출발선엔 긴장감이 팽팽하다

전쟁의 소용돌이에서 헤어나려는 몸짓

폭풍우 뇌성벽력에도 꼼짝 않고

돌기를 세워 쏘아보는 시선 끝에

충혈된 물결 일렁인다.

한번 주저앉으면

다시는 일어서지 못할 것 같은

굳어진 관절을 우두둑 일으켜 세운다

골수도 없는 대나무 같은 다리에

펌프질하고 있는 정맥을 보라

태평양을 향한 경도競渡*를 꿈꾸며

테트리스 게임을 준비하고 있다

*경도競渡 : 배를 저어 빨리 물을 건너가는 것을 겨루던 놀이

숨소리

저기,
파도 위에 누워있는 자 누구인가!

유리 벽 너머로 토해내는 콩 구르는 소리
시계추처럼 일정하다
인고의 시간을 끌고 온 들숨과 날숨
거대한 허파 속에 마그마가 끓고 있다
집어등 불빛을 밝히는 통통배의 거친 숨
수산시장에서 묻어오는 끈적한 소리들
왁자지껄 버무려졌다가
귀청에 부딪혀 비말로 부서진다

반도의 동쪽이 붉게 붉게 기지개를 켜며
해안선이 춤을 춘다
분출하는 화산의 날숨에
삼태기 같은 항구가 깨어나며
모든 움직이는 것들이 시동을 건다.

여기,

일출 앞에서 춤추는 자 누구인가!

오티별신제*

머리 조아린 고양주 머리 위로

함지박 같은 달이 떠오르면

서낭당에 둘러선 사람들

염원을 담아 두 손 모은다

하늘 높이 치솟은 농기 앞세워

꽹과리 소리 창공을 가르면

들썩들썩 서낭목이 춤을 추고

월악산 산신을 불러들여

한바탕 별신굿이 펼쳐진다

밑바탕에 켜켜이 쌓여있던

근심거리들 탈탈 털어

허재비에게 던져주고

신과 인간이 한데 어우러져

둥글둥글 돌아간다.

풀 먹인 두루마기를 입고 선

금줄 두른 매차나무가

설렁설렁 지나가는 바람에게

마을 신의 신화를 말해준다

마을의 뿌리가 한없이 뻗어 나간다

*오티별신제 : 충북 제천시 수산면 오티리에서 정월 대보름에 열리는
마을안녕 기원제

가을 강가에서 있었던 일

한낮 뙤약볕이 그립기만 한

동강 언저리 큰 다리 밑

아직 체온이 남아있는 잡풀들이 엎드려 있다

여름 장마를 온몸으로 받아 낸

깡마른 허리로 가을을 연주한다

바스락바스락

물비린내 따라가던 개미 한 마리

낚시꾼 발밑에 깔려 압사했다

어디선가 몰려온 문상객들

빙빙 돌더니 어디론가 물고 간다

강물이 노래하고,

갈대가 춤을 추고,

회오리바람이 일어선다

풍장을 하려나 보다

머지않아 하얀 고요가

이 일들을 모두 덮어버리겠지

세상이 늘 그랬던 것처럼

빗물

장독대 빈 항아리에서

가야금 소리가 튄다

엎드려 엎드려

맺힌 눈물 높낮이 조율하며

휘모리장단에 분주한 팔월

소나무 껍질처럼 쩍쩍 갈라진 피부

목매어 풀풀 먼지 나는 가슴에

골골이 스며들어 적신다

영양실조 걸린 희멀건 열무밭에

별빛 생기가 돌고

달을 품고 가던 노루걸음도

덩달아 자진모리로 몰아친다

웅숭깊은 내 가슴에 파고드는

그대의 열두 줄 가야금 소리

자작자작 스며드는 촉촉한 입맞춤

모든 것이 녹아든다

갈

자동차 백미러에 스쳐 가는 노을 같다
누군가에 의해 물들여진다는 것은
또 다른 누군가를 위한 선물이다

내 나이보다 앞서가는 시간을 쫓아가느라 허덕이는
날들이 풍경 뒤에 숨어있고, 그 풍경 가슴에 담아두려고
지나간 달력을 넘기지 않고 있지만 아름다운 시절은 언
제나 물결처럼 사라져 간다

한 장의 그림이 그려지기까지
수많은 손길이 지나갔을 가느실 골짜기 소박한 캔버스
백-연-초-노-주-적-갈
어머니가 거기에 서 있다
바람처럼 지나간 잘 익은 세월 한 장
이대로 멈춰 있으면 좋겠다

4부

향수에 젖다

양은 도시락

첫 시간 끝 종이 울리자 배 속에서

도랑물 굴러가는 소리가 들렸다

책상 속 더듬더듬 도둑괭이가 되어

뚜껑 살짝 열고, 한 숟갈 푹 퍼서

고추장장아찌 얹어 입속에 얼른 쑤셔 넣고

오물오물

봄눈처럼 녹아 없어지는 엄마

둘째 시간 선생님 등 돌려 칠판 글씨 쓰는 틈에

또 한술 떠서 꿀꺽

몰래 훔쳐 먹는 밥은 꿀밥

먹어도 먹어도 허전하기만 한 배 속을 알 수가 없다

점심시간엔 빈 도시락 들고

두레샘 옆 허리 굽은 늙은 뽕나무에 매달려

새까만 오디가 되었다

입술 검붉은 토인이 되어

찌그러진 도시락에 들어가서 놀았다

거기에 엄마가 있었다

벽화

누렇게 바랜 두툼한 꽃무늬 벽지

은지화를 흉내라도 낸 듯

굵은 색연필로 새겨진 얼굴들

먼지를 뒤집어쓴 뽀글머리에

선명한 다섯 개의 발가락

세 아이 중 하나는 고추가 달렸네

밥상머리에 둘러앉은 식구들이

얼굴을 내밀고 있는 화랑이다

무너져 내린 돌담 좁은 길로

저녁이면 집 나갔던 식솔들 돌아와

귀뚜라미처럼 왁자지껄

사랑 꽃을 피우던 집

창문 밖 백일홍 그림이 중첩되는

잡초만 무성한 빈집에서

거미는 풍요를 누리고 있다

그림을 그린 어린 화가는

지금쯤 세상의 얇디얇은 화선지에

또 다른 생존의 삶을 그리고 있겠지

그 아들의

꿈꾸는 벽화도

그려지고 있으면 좋으련만

수채화 속 가느실*

리트머스지에 스며드는 물감처럼

하늘과 맞닿아 있는 비탈밭 가에

아기 볼 같은 홍등 불이 켜졌다

고라니 울음소리도 반가워

해거리를 앓으면서도

온몸 돌기를 세워 불을 밝히고 있는

키다리 돌감나무

내 첫사랑도 감꽃 속에서 주워

주머니 속 동전처럼 만지작거리다가

이곳 어디선가 잃어버렸지

까치밥이 그네를 타다가

하늘 속으로 풍덩 빠져버린

햇살 좋은 날

내 기억 속에 숨겨두었던

팔레트에 물감을 풀어놓는다

스펀지처럼 가을을 빨아들이는

그곳에만 가면 나는

알 수 없는 무언가를 찾으려

헤매고 다닌다

그러다가 아버지가 그려놓은 그림에

황금색 물감으로 덧칠을 하다가

또 붓을 빨아 말려놓고 돌아온다

*가느실 : 충북 제천시 수산면 계란리의 옛 지명

응답하라 1972 여름

땡볕에 등가죽 허물을 한 번씩 벗고

우화羽化가 되었던 아이들

한낮에도 음산한 기운이 나온다는

도둑바위 용초에 모여들어

서리한 수박 동동 띄워놓고 멱 감던

시끌벅적하던 울림소리는

경향 각지로 뿔뿔이 흩어졌고

폭포 소리만 거꾸로 거꾸로 꺼이꺼이

산비둘기 집을 흔들고 있네

담방구질 하던 계집애들 젖은 옷 속

봉긋한 가슴 훔쳐보던

혜원의 단오풍정*처럼

알 수 없는 두근거림에 중독되었던 시절

아련한 기억 속 희미해져 가는 그림

다시 그려보고 싶은 여름

*단오풍정 : 혜원 신윤복의 풍속화

호수에 비친 청풍

쏘가리가 금수산을 뛰어다니고
떡붕어가 비봉산 케이블카를 타고
뱀장어가 월악산을 어슬렁거리네

낮은 곳을 찾아 비단길을 열던 젖줄
회색의 거대한 암벽에 막혀
이 산 저 산 다 잡아먹고
옥순봉도, 구담봉도, 제비봉도
물속에 담가 놓았네

너나없이 청풍강에 기대어 살던 사람들
꽃잎처럼 어디론가 뿔뿔이 흩어지고
오랜 기억들만 남아
물 위에서 반짝이고 있네

할머니 그림

보일 듯 말 듯 한 수평선을 향해
고무 함지를 끌고 바다로 나갑니다

발목을 잡고 놓아주지 않으려는 갯벌과 씨름하며
온몸 촉수를 세워 한 발 한 발 내디딜 때마다
눈빛은 잠망경처럼 좌우를 주시합니다

수상한 낌새가 보이면 몸을 날리는 순발력
발끝에서 올라온 짠물이 이마에서 잠시 숙성되어
흘러내리다가 다시 바다로 돌아가는 셀 수 없는 날들
천근 눈꺼풀을 털고 나온 희열을 느낍니다

중심을 잃으면 모든 것이 뻘 속에 묻힐 것 같은
편하게 딛고 설 수 없는 땅에 뿌리를 내리고
평생 몸을 가누며 살아온 새우등
마음 다잡고 버텨온 세월도 느슨해지고 있어
절뚝이며 바다로 돌아갈 준비를 합니다

절대로 가르쳐주지 않으려는 비법을 어찌 알고

괭이갈매기처럼 뒤를 따라오는 딸

그 밭에서 피꼬막도 캐고, 물총조개도 캐고

칠게와 뻘낙지의 은신처를 찾아

서툰 그림을 따라 그립니다

잿빛 도화지에 고무 함지로 그려놓은 그림

푸른 달빛이 내리면 곧 지워질

운무에 갇혀버린 기억력이지만

갔던 길을 또 가고 왔던 길을 또 오고

할머니 그림은 점점 세밀화가 되어갑니다

빈집

마당을 점령한 잡초들

서로 제 땅이라 우기며 깔아뭉개고

말뚝을 박고 아우성친다

작년에는 주인이 와서

제초제를 먹여 몸살을 시켰지만

개망초는 입을 틀어막고 죽은 척하다가

겨우 살아났다

곧 쓰러질 것 같은 기둥과 서까래를

동여매고 있는 거미들도

땅따먹기로 영역을 넓히고

애기똥풀은 샘가에 좋은 자릴 차지했다고

노랗게 웃고 있다

부엌에서 봉당까지 소롯길이 열리는

햇살 가득한 날

개미들의 소풍 길에

바람난 귀뚜라미도, 발정 난 송장메뚜기도,

오래전에 재잘거리던 아이들 웃음도

따라나선다

잠시 잊고, 비우고, 접어둔 곳에서

누군가는 또 행복을 찾고 있다

봄봄

생머리 물빛 원피스 살랑이던

치자 향에 중독되어

꼬부라지지 않는 혀를 굴리며

영어 단어 삼키느라 밤샘하던,

마주친 눈빛에 홍당무 된 얼굴

책상 모서리 스치는 원피스 자락에

쿵쾅거리던,

가슴

쪼그라든 새가슴

차라리 선녀였으면

마음이라도 편했을 것을

그의 싹이 처음 내 안에서 자랄 때

그의 소유물이 되고 싶었던,

까까머리 시절 교생선생님

코밑에 거뭇거뭇 올라오는

수염을 뽑아가며 멋을 내던

점순이* 키를 재어보며 한숨짓는 어리석은 나

짧은 날 꾸었던 쪽잠 속에

가슴 헤집어 놓고 날아간 홀씨

그는 봄이었다

*김유정의 소설 「봄·봄」에서 인용

너를 한번 안아보고 싶다

오늘은 왠지

너를 한번 안아보고 싶다

스무 살이 넘도록 그저

먼발치에서만 보아왔던 편린片鱗

무덤덤하게 살아온 날들

솜털 보송보송하던 시절의 생각

지금도 가슴에 품고 있으려나?

살며시 네 가슴에 얼굴을 묻고

콩닥 이는 숨소릴 듣는다

아련한 공명의 개울 물소리

너를 데려오던 날 들었던 그 소리에

소원했던 것들 모두 봄눈처럼 녹아내린다

꿈틀꿈틀 일으키는 발기

곧 물이 오를 초록의 깃발

온 동네를 환히 밝혀 줄

절정의 아리아 백화白花를 기다리며

너에게 입맞춤한다

마당 가에 홀로 선

층층나무를 껴안고,

오빠 생각

이름만 들어도 심쿵

생각만 하여도 울렁

마주친 눈길에 달아올랐던 얼굴

눈물을 속여 가슴 녹여냈던 시절엔

그 어깨에 기대어

속엣것을 다 토해내고 싶었던

생각을 달고 살았지

눈치코치도 없는

아주 무디고 무딘 사람

우러러만 바라보던

그런 오빠의 벽이 무너졌어

다섯 살짜리가 아흔이 넘은

송해 선생 보고 오빠라고 하니,

애인도 오빠

남편도 오빠

아재도 오빠

할배도 오빠

세월을 거슬러 가려는 생각이 줄을 섰네

불러주면 입이 절로 벌어지는 호칭

‘옵빠야’

행운을 찾아서

시집『홀로서기』갈피에서 잠자던

삼십 년 묵은 네 잎 클로버

누군가의 바람과

누군가의 기대와

누군가의 설렘을 모아

화석처럼 굳어버렸다

종잇장처럼 얇아진 가슴

지나온 시간들 더듬으며

미처 잊고 있었던 것들과

잠언箴言의 대화를 나눈다

지나가는 자동차에 반색하며

온몸 흔들어대는 코스모스처럼

누군가를 기다리며

누군가를 그리워하며

누군가의 가슴속에 남아있기 위해

몸부림치는지도 모르겠다

가을에 머물고 싶은 나이

다가올 삼십 년의

아름다운 관계를 위해

홀로 서는 법을 배운다

옥류헌玉流軒 목탑

마당가에 탑을 닮은 층층나무가 하얀 구슬을 별처럼
매달고 있다. 벌 나비 잔치를 벌이는 오월 어느 날, 나무
는 두 팔 벌려 그늘 드리우고 동네 사람들 불러 모아 함
박꽃을 피웠다.

아내는 나무를 볼 때마다 나무가 오게 된 사연을 입이
닳도록 얘기하고 나무는 늘 보름달처럼 환한 웃음으로
듣다가 가끔 원망의 눈길을 보낸다. 이른 봄 전깃줄에
걸린 가지를 치면서 잘려나간 팔을 보고 나무도 울고,
벌 나비도 울었다.

저 혼자 앞서가는 세상 붙잡고 살려면 팔 잘리는 아픔
쯤이야 견뎌야지

인적 드문 산기슭 바람길 모퉁이에 그대로 두었더라
면 하는 생각에 젖어있는데 나무는 오히려 잘 왔다고 배
시시 웃는다. 변화무쌍한 터전일지라도 사람들과 공생

하며, 제 발밑에 커가는 자식들 웃음소리에 가슴 풀어
헤쳐 하늘로 가부좌를 튼다. 목탑은 세상을 향해 공功을
베풀고 있다.

노점 할매 1

털목도리 칭칭 감아 눈만 빠꼼 내밀고

고구마, 감자, 당근, 마늘을 판다

호박, 오이, 가지, 고추도 판다

겨울에는 뿌리를 팔고 여름엔 열매도 판다

차디찬 시멘트 바닥에 털푸덕

박스 하나 깔고 앉아

지나가는 신발 보고 말을 건다

눈이 마주치면 씽긋 미끼를 건넨다

"내가 농사 지은 거래요"

이 한마디에 찌가 올라오고

지갑이 열린다

수더분한 잉어가 걸려들어

떨이를 하는가 하면

깍쟁이 피라미가 입질만 하다 허탕도 친다

하루거리도 안 되는 텃밭에

정성 들여 키운 미끼로

세월 한 자락을 낚고 있는 시장 할매

오늘은 구두 신고 분 바르고

고래 잡으러 간다

거꾸로 가는 기차를 타고,

노점 할매 2

-엄마, 저거 먹어도 되는 풀이야?

아이가 길가에 쪼그려 앉은 할매를 가리키니
좌판에 달래 냉이가 다소곳이 올려다본다

헐렁한 다리 사이로 늘어진 전대가 빼꼼
거친 손 쉴 새 없이 고물고물
새벽잠 깬 푸성귀들이 뜬눈으로 나왔다

관절통 골다공증 모두 다 눌러놓고
물 좋은 물건 차지, 햇볕 좋은 자리 차지
사는 게 다 전쟁이라고 오늘도 일등이다

-그럼, 저건 봄에 먹는 보약들이야!

아이가 볼우물을 판다
골목에 은초록 바람이 인다

5부

세상을 돌아보다

변검

원래 내 몰골이 이런 줄 알았다

뼈대도 없이 꿈틀거리는 몸

구르고 굴러 필사적으로

변검술 하나 믿고 깨밭으로 간다

드러내 놓고 풍욕을 하는데도

새들이 속아 넘어갈 때마다

우쭐하며 낄낄낄 웃었다

천적을 알고부터

애벌레로 번데기로 나방으로

세 번의 삶을 사는 동안

속이며 사는 게 부심腐心의

고통이라는 것을 알았다

자만은 땅속으로 가라앉고

소심하게 펌프질하던 심장은

자식에서 아들로, 그리고

아버지가 되도록 만들었다

이제는 날개 꺾인 몰골이지만

속는 줄 알면서도 속아주는 그들이 있어

마음 놓고 뒤를 돌아볼 수 있는

오늘이다

복숭아벌레집

풀 먹여 바른 창호지처럼

팽팽한 문밖에서 햇살이 들어오면

하루 일과를 시작한다

그냥저냥 뒹굴거리며 살찌우는 일

세상 밖 일은 깔끄러운 벽이 다 막아주니

난공불락의 낙원이다

창호지가 붉게 물들어갈 때쯤

내 몸집도 점점 커져갔다

이제는 바깥세상이 궁금해서

견딜 수가 없다

탈출을 위해 새로운 일을 꾸며야겠다

풀기가 빠져나간 음지쪽을 뚫는 일

바늘구멍으로 바깥세상이 보이고

심한 파동과 함께 지진이 일었다

애오라지 몸집만 키워온

우물 안 삶이 곤두박질쳐졌다

우화羽化의 시선 끝에

주렁주렁 달린 달큰한 불빛이 보인다

도원桃園의 홍등 물결이 잔칫집 같다

환한 창호지가 찢겨지고

비로소 내 집이

잘못 지어진 집임을 알았다

맨발 산행

까치산 입구에서 벗은 신발

등에 짊어지고 산을 오른다

발바닥의 촉감이

살얼음판을 걸을 때처럼

온몸에 전율로 다가오고

예상치 못한 쾌감이 따라온다

잘못 돌부리라도 차면 어쩌나

사회 초년생 시절을 떠올리며

신중하게 발걸음을 내디딘다

밖으로 드러난 소나무 뿌리를 밟으니

뿌리와 뿌리가 교감하는

야릇한 파동이 뇌리로 올라온다

몸속에서 빠져나오는 염분처럼

살아온 날들이 줄줄 흘러내린다

늘 긴장 속에서 앞만 보고 걸었던 그 길

평탄하지만은 않았던 그 길

정상에서 소회所懷를 풀어놓고

신발은 신는다

내려가는 길엔

자만自慢을 등에 짊어지고

먼 산도 보면서 내려가야겠다

혼술

문틈을 비집고 들어와

날 선 공격을 하는 왜바람*

투명한 유리창 밖에서 노려보는 눈

긴 소매로 방어막을 쌓고

가벼운 알코올로 총알을 장전한다.

따끈한 정종 한잔이 그리운

십일월의 마지막 밤

소파에 뭉긋이 기댄

비 맞은 단풍 같은 낡은 지갑

그 속을 후끈하게 데워줄

홍합 국물의 넉넉한 포만감에

용기를 얻는다

이기심에 눌려있던

가슴 짓누르던 것들을 정조준하고

차마 입 밖에 내놓지 못한 말

카악,

뱉어낸다

혼자서 누리는 여유

따끈한 승리를 마신다

*왜바람 : 방향이 없이 이리저리 함부로 부는 바람

스마트폰 속으로

의림지 폭포 속으로 걸어 들어갔다
돌창 밖 낙숫물 같은 물줄기가
귀청을 두드리며,
유년의 무지갯빛 여름이 그려진다.

깨당* 벗고 들어간 가느실 용초폭포
바위 뒤에 숨어 훔쳐보던 바깥 풍경은
순백의 망막에 색을 입히는
단원의 빨래터 같은 신비한 그림이었다

21세기 최대의 문명은
겉과 속이 다른 세상을 쉼 없이 방출하는
손바닥 안의 별천지
지하철에서, 길거리에서, 틈만 있으면
걸어 들어가고, 기어들어 가고
빨려 들어가고 있다

동전의 양면을 볼 수 없는

그 폭포 속으로

*깨당 : 알몸

가지치기

학교 운동장에 팔이 다 잘려나간

바오밥나무를 닮은 플라타너스

그곳에 살려면

제 팔 잘려 나가는 시련쯤은….

실한 열매를 만들어야 살아남을 수 있는

골다공증에 시달리는 늙은 사과나무

젊음과 경쟁의 끝은….

높은 산 바위틈에서

모진 세상 움켜쥐고 있는 소나무

곯은 배 움켜쥔 목마름은….

근대화 시절처럼

희생을 짊어져야

더 단단해지고

더 철들어가고

더 오래가고

더 깊이 심지가 박히고

제 살 깎는 설움을

삶의 에너지로 삼아야 하는….

해맞이

덜커덩거리는 졸음을 끌고

추전역을 넘어온 새벽 기차가

숨 고르기를 한다

밤새 효우*에 불린 정동진 해풍 따라

순물 엉기듯 꾸역꾸역 몰려드는 사람들

순두부 한 그릇에 정갈해진 몸

저마다 가져온 소망을 꺼낸다

여명의 바다 끝에 모아지는 시선

가슴을 파고드는 모래알 같은 바람들

내 깊은 속에 심장이 되어달라고

내 생의 꽃바람이 되어달라고

두 손 모아 까치발을 든다

비등점으로 치닫는 포말

가쁘게 숨을 몰아쉬는 푸른 행성의 자궁

불타오르는 수평선 위로

머리를 쑥 내미는 불두덩

합장의 끝에 찾아온

생명의 시작이다

* 효우 : 새벽녘에 내리는 비

삼한의 사람들아

달빛에 발목 풍풍 빠지는 날

허리 굽은 소나무 그림자를 밟으며

삼한의 사람들을 만나러 간다

쌀 한 톨 얻으려고

좁쌀 같은 날들 노역에 다 쏟아붓고

허리 꼬부라져 버린 사람들아

의림지 속살까지 비치는

우륵대에 앉아보니

바람 따라 물결 따라 살다 간 흔적이

청전뜰로 흐르고 있구나

그래도 단옷날 밤이면

별 가득 실은 목선 한 척 띄워놓고

권커니 잣거니 비단 치마폭에 숨어들던

그 풍류가 부럽더이다

혜원의 선유도 같은

빈 소주병

뚜껑을 딸 땐 부족한 듯

남의 손에 든 떡처럼 보이더니

계산대 앞에 서면 너무 큰 나머지

매번 멀미가 난다

제 속을 다 비우고 나서야

내 속을 털어놓게 하고야 마는 빈 병

담대하고 솔직해지라고,

체면치레 눈치 보지 말라고,

아직도 남아있는 것의 소중함을 알라고,

가르치고 있다

제 몸속 한 방울의 가식까지도

다 짜내고 나서야

돌아앉는 그가 오늘은 왠지

스승처럼 보인다

오르막길

사뿐사뿐 올라간다

올라가면 갈수록 길게 따라오는

물줄기 같은 그림자

가슴을 열고 바람길을 만든다

소통의 횡간에서

잊고 살아온 그늘을 본다

그늘에 가려 수없이 마른침만 삼켰을

초목의 서러움

엎드려라 납작 엎드려라

다시는 그림자가 생기지 않게

뒷줄에 서 있는 서러움에

돌아서고 싶은 생각

고개 드는 머리를 지그시 누른다

지금까지 걸어온 발자국이 부끄럽지 않게,

그 끝이 보일 듯한데

아직도 멀게만 느껴지는 길

곧 다가올 또 다른 세상을 꿈꾸며

멀리서 따라오는 새끼들 생각에

자꾸만 쪼그라드는 새가슴

속내 비춰지는 게 싫어

그림자 속으로

들어간다

절로절로

돌돌돌

어디서부터인지 모르지만

낮은 곳으로 길을 잡는다

꼴꼴꼴

돌 틈으로 스며들어 흔적을 지웠다가

슬며시 팔자걸음으로 느림의 길을 간다

'청산도 절로절로'가 그랬던 것처럼

안개 되어 오르려는 저 욕심들

언젠가는 만나게 될 그들과의 경쟁

거대한 강물의 유혹 앞에

사부자기 내려온 산골 물은

'녹수도 절로절로'를 따라

손바닥만 한 거울에 자신을 비춰보고 있다

해를 그리워하면서도 쭈뼛쭈뼛

등 뒤에서 이끼를 키우고 있는,

내가 가고 있는 길은 지금

바다인가

하늘인가

민원전화

방어할 틈도 없이

귀청을 때리더니

소나기로 퍼붓다가

태풍처럼 몰아친다

대동맥이 거꾸로 돌고 있다

전술을 가다듬고

반격을 노려봤지만

마음만 앞서다 보니

잽도 날리지 못하고

스텝은 꼬여만 갔다

한계점에 도달 직전

수화기를 내려칠까 말까

찰나에 지나가는 아찔한 빛

뚜뚜뚜 선방을 맞고 쓰러졌다

암전이다

그 누가 그랬던가

지는 게 이기는 거라고

헐떡이며 달려온

이순의 종착역이 보인다

질기다

봄의 취기를 머금은 바람
산등성이 굽은 등을 타고 온다
길가 쭈그려 앉은 마른 검불 속
계란 프라이 같은 꽃접시가 마구 잘린다
예초기 굉음이 지나간 자리
먼지만 풀썩이는 메마른 자갈 틈에
삐죽이 고개를 내밀고 있는 새싹
척박한 곳일수록 좋다
묵정밭도 순식간에 제국을 만든다
제초제를 맞고도 비틀비틀 일어서는
지천에 깔린 개망초
저 끈질긴 힘은 어디에서 오는가
멀리 북아메리카에서 귀화해 온 화신
개 씨라는 성을 달고 살아가는 데는
그럴만한 이유가 있었다
외면 속에서 연명의 힘은 서로 뭉치는 것
살기 위한 몸부림
질기다

수의囚衣

왠지 편하다

거추장스러울 게 없다

버티고 발뺌하고 부인할 필요가 없어진

그저 순종하게 만드는 옷

이미 엎질러진 물을 닦으라고 강요하고 있는

단 한 벌의 가리개

부정맥으로 뛰는 가슴에

씻을 수 없는 낙인으로 박힌

수인번호

숨겨둔 영혼까지 파고든다

생전 처음 입어보는 헐렁한 옷이 말한다

모든 것을 내려놓으라고,

막이 내려진 연극을 회상하면서

출연자들을 생각한다

평생에 입어 볼 것이라고는

생각도 못 했던 푸른 제복

영혼은 이미 수의壽衣를 입고 있다

날고 싶은 앵무새

저 아프리카 대륙 고도
어디쯤에서 얻은 금빛 깃에
나름 갈고 닦고 몸 만들었다

퇴화된 날개로 불린 배 뒤뚱거리며
군중 앞에 서면, 남을 위해 산다고
기계음을 뱉어내고 있다
단음의 지껄임, 날 수 있다고
지껄이고 또 지껄이고

-나는 바담풍, 너는 바람풍

금빛 깃을 금배지로 알고
권력의 벼슬인 양 지키고 있다
선을 이어갈 때마다 숙이고 굽히고
녹슨 머리는 생각도 않고
영혼 없는 앵무새가 되어가고 있다

입을 닫고 엎드려라, 납작 엎드려라

발치에 귀를 대고 들어라

그러면

날 수도 있겠다

세상 뭇 생명체의
평화를 꿈꾸는
따뜻한 마음으로

이 승 하

(시인, 중앙대 교수)

세상 뭇 생명체의 평화를 꿈꾸는
따뜻한 마음으로

이 승 하

(시인, 중앙대 교수)

2019년에 시작되어 지금도 진행 중인 '코로나 시대'의 끝은 언제일까? 백신을 몇 차례 맞아도 그에 적응한 변이 바이러스, 변종 바이러스가 나타나 계속해서 인류의 생존을 위협하고 있다. 어찌 보면 바이러스는 인류에게 경고한 것일 수도 있다. 당신네들 이 지구촌에서 살려면 이산화탄소 배출량을 줄여야 합니다, 남극과 북극 빙하가 녹는 것을 막아야 합니다, 지구 온난화를 두고 볼 겁니까? 2020년과 2021년에만 인류는 자제하였다. 흥청망청에 가까운 소비를 줄였고, 회합이나 집회를 줄였다. 여행도 하지 않았고 공연장에도 가지 않았다. 딱 2년 그렇게 하더니 인류의 인내심은 무너지고 말았다. 최근에 인천공항에 가보았더니 코로나 사태 이전으로 완

전히 돌아간 느낌이 들었다. 동유럽에 갔을 때, 한국인 관광객들만 마스크를 하고 있었다.

바로 이런 시점에 한인석 시인의 시집을 읽는다. 시를 읽는 동안 가장 자주 뇌리를 스친 어휘는 '가족'과 '자연'이었다. 지금 대한민국 사회의 가장 큰 문제는 정치권의 연이은 실책과 함께 가족의 해체에 있다고 보아야 할 것이다. 가족 간의 살상과 단절도 문제이고 노인의 고독사, 청소년의 일탈, 미혼 인구의 증가도 문제가 아닐 수 없다. 취업률은 낮고 자살률은 높다. 미혼모가 낳은 많은 아이가 보육원으로 가고, 부모가 이혼한 이후에 많은 아이가 소년원으로 간다. 5천 년 농경사회를 이어오는 동안 우리는 대가족제를 유지했는데 1970년대부터 공업화로 돌진한 이후 50여 년 만에 가족이 해체되고 말았다. 전국의 수많은 요양원, 요양병원의 노인들은 코로나19 바이러스에 감염돼 죽어가기도 했지만 가족과 면회가 안 되어 외로움에 시달리다 죽어간 경우가 많았다.

TV 드라마를 보면 저녁 식사 후에 3대의 가족이 둘러앉아 과일을 먹는 장면이 나오는데 도저히 믿기지 않는다. 드라마 속의 그 집에는 할아버지의 권위가 살아 있고 가장인 아버지의 말발이 먹힌다. 그리고 자식들은 어쨌거나 효자와 효녀다. 도저히 믿기지 않는다. 팬데믹

시대인 지금 한인석 시인은 바로 그 잃어버린 가족에 대
하여, 가족 간의 사랑에 대하여 이야기하고 있다. 가장
아름다워야 할 가족이라는 '관계'에 대하여.

　　　처음 시집온 그 자리에서
　　　돌고 돌아온 한평생

　　　가슴 졸인 나날들이
　　　굳은살로 박혀버린
　　　먼지 가득 쌓인 속이지만

　　　같은 속도, 같은 소리로
　　　긴장을 풀지 않았던
　　　한 방향의 곧은길

　　　안방을 지켜온 자리
　　　늘 깨어 있는
　　　어머니 자리

- 「벽시계」 전문

　　어머니가 결혼한 것을 '시집왔다'고 표현하는 것도

고풍스러운 표현이다. 하지만 남자는 장가를 가고 여자는 시집을 오는 것이 아주 자연스러운 표현법이었다. 화자의 어머니는 이 집으로 시집온 이후 "같은 속도, 같은 소리로/ 긴장을 풀지 않았던/ 한 방향의 곧은길"을 가셨다. 어머니의 나날은 "가슴 졸인 나날"이었고 어머니의 속마음은 "굳은살로 박혀버린/ 먼지 가득 쌓인 속"이었지만 벽시계처럼 안방을 지켜왔고 늘 깨어 있었다고 한다. 늘 그 자리를 지킨 벽시계처럼 한결같이 어머니의 길을 걸어간 분을 화자는 또 한 편의 시를 통해 기리고 있다.

첫 시간 끝 종이 울리자 배 속에서
도랑물 굴러가는 소리가 들렸다
책상 속 더듬더듬 도둑괭이가 되어
뚜껑 살짝 열고, 한 숟갈 푹 퍼서
고추장장아찌 얹어 입속에 얼른 쑤셔 넣고
오물오물
봄눈처럼 녹아 없어지는 엄마

둘째 시간 선생님 등 돌려 칠판 글씨 쓰는 틈에
또 한술 떠서 꿀꺽

몰래 훔쳐 먹는 밥은 꿀밥

먹어도 먹어도 허전하기만 한 배 속을 알 수가 없다

점심시간엔 빈 도시락 들고

두레샘 옆 허리 굽은 늙은 뽕나무에 매달려

새까만 오디가 되었다

입술 검붉은 토인이 되어

찌그러진 도시락에 들어가서 놀았다

거기에 엄마가 있었다

–「양은 도시락」 전문

성장기 때라 식욕은 충만하고 배는 무진장 고팠다. 점심시간까지 참지를 못한다. 해설자도 중학생 때 그랬었다. 학교까지 한 시간을 걸어서 가야 했다. 1교시 끝나고 한 숟갈, 2교시 끝나고 두 숟갈, 3교시 끝나면 다 먹어버린다. 반찬은 고작 고추장장아찌다. 점심시간 때는 두레샘 옆 허리 굽은 늙은 뽕나무에 매달려 새까만 오디를 따먹고는 "입술 검붉은 토인"이 된다. 그런데 이 시의 특이점은 고추장장아찌와 찌그러진 도시락을 '엄마'와 동일시한 점이다. 고추장장아찌 같은 엄마나 찌그러진 도시락 안 같은 엄마라고 했다면 직유법을 쓴 것인데, 시인은 은유법을 쓰고 있다. 밥에 얹은 고추장장아찌가 왜 엄마와 동일시된 것이냐 추리를 해보면, 농사짓고 살아가는 이 집의 지독한 가난과 그런 반찬밖에 해줄 수 없는 엄마의 안타까움이 함께 배어 있다. 집에서 닭을 몇 마리 키우면 아들 도시락에 계란 프라이라도 넣어줄 수 있으련만, 그런 형편도 아니다. 요즘 아이들이 즐겨 먹는 햄이나 소시지 같은 것은 구경도 못 해본 그 시절에, 어머니는 그래도 자기 나름대로는 최선을 다했다. 그럼 아버지는 어떤 분이었나.

적금 타서 회갑 기념으로 사드렸던

금반지 서 돈

강산이 두 번이나 바뀌었어도

굳세게 빼지 않았던

마치 장기臟器와도 같았던

번쩍이던 누런 자랑거리가

다시 내게로 돌아왔다

이제는 몸도 마음도 헐거워져

빠져 달아날 것 같다는

그래서 대물림해야겠다는

아버지의 이십 년 세월

닳아 없어진 말년의 반 돈

알곡은 스멀스멀 기어나가고

껍질뿐인 둥그런 우주만 남았다

아버지와 나

그리고 아들을 연결시켜 주는 고리

닳아서 빛을 발하고 있는

아버지의 세월

반 돈

– 「아버지 반지」 전문

　이 시의 화자는 적금을 타서 아버지 회갑 기념으로서 돈짜리 금반지를 해드렸다. 이후 20년 세월이 흘러 아버지의 금반지가 다시 내게로 돌아왔다. 그 20년 동안 반 돈이 닳아서 없어졌다. "알곡은 스멀스멀 기어나가고/ 껍질뿐인 둥그런 우주만 남았다"는 말은 아버지가 농사꾼이었음을 암시한다. 한평생 농사일을 손에서 놓지 않았다. 내게 돌아온 반지를 나는 아들에게 물려주게 될 것이다. "아버지와 나/ 그리고 아들을 연결시켜 주는 고리" 같은 구절을 예전에 읽었더라면 '전근대적인 가족주의의 흔적'이라고 하면서 비판을 했을 테지만 가족의

의미가 붕괴되고 만 이 시대이다 보니 가족주의의 가치
가 오히려 더욱 돋보인다. "닳아서 빛을 발하고 있는/ 아
버지의 세월/ 반 돈"의 가치를 우리는 가슴에 새겨야 할
것이다. 형제간의 우애도 지금 이 시대에는 낡은 정신일
지 모르겠지만 시인은 그렇게 생각하지 않는다.

요란한 전화벨이 새벽잠을 깨운다

형님, 고향에 비가 많이 왔다문서유?

아 글씨, 집 다 떠내려가는 줄 알았지뭐여

그렇게 말라비틀어지던 하늘이 터지고 보니께

버지기로 쏟아붓더구먼

워디, 피해는 없던가유?

괜찮어, 우리 동넨 살았네그려

개샘이 터져서 매란도 없긴 허지만

그라도 그만허길 다행이네유

그려, 내일은 선친 묘소나 둘러봐야겄네

개샘도 터지고 형님 일복도 터졌네유

비 안 온다구 매일같이 하늘에 대구 욕을 퍼 댔더니

물 폭탄을 쏟아부었지 뭔가

동상두 물 조심허시게

골 파인 마당에 물길을 내는 아버지 뒤로

옥수숫대 허리가 ㄱ자로 꺾여 있었다

- 「장마, 그 후」 전문

한인석 시인은 충북 제천 태생이다. 그 지방 사투리로 전개되는 시라서 그런지 각주를 참고해야 한다. 버지기는 자배기의 사투리로, 자배기는 둥글넓적하고 아가리가 넓게 벌어진 질그릇을 말한다. 개샘은 물줄기가 탁 트여서 콸콸 쏟아져 나오는 샘이고 매란은 마련의 사투리다. 장대비가 계속해서 오자 새벽에 동생이 고향의 사촌 형에게 전화를 한다. 폭우의 피해가 없는지 물어보니까 형이 큰 피해는 없다고 말하고는 그래도 내일은 선친의 묘소에 피해가 없는지 둘러보겠다고 한다. 마지막 연은 아버지 모습이다. 해설자는 '부자유친父子有親'이라는 삼강오륜의 하나를 떠올리게 되고 사촌 형제간의 정리가 느껴져 미소를 띠게 된다. 어느덧 세월이 흘러 화자의 아들이 산속 고시원에 들어갔었나 보다.

두 평 감옥에 너를 밀어 넣고 오면서

가슴 짓누르는 흉통에 시달렸다

날마다 머리 위에 바위를 올려놓고

안개 속을 헤매고 있을

너를 생각하면서도

나는

매달 줄어드는 통장의 숫자에 갈등하는

아비에 불과했다

감옥살이 2년 반 만에 날아온 카톡

-아빠, 저 지옥에서 탈출했어요

나도 모르게 줄줄 흘러내리는 눈물

-「지옥에서 탈출한 아들」 전반부

이 시에서는 '산속 고시원'이라고 되어 있는데 정확한 곳은 모르겠다. 수험생으로서 고시원에서 지내다 온 것인지도 모르겠다. 설마, 교도소는 아닐 것이다. 자, 이런 일련의 시에서 시인은 한결같이 가족의 소중함을 역설하고 있다. 다른 시의 시구들, 예컨대 "낮은 곳에서/ 쌉쌀한 맛 가슴에 품고 살아온/ 어머니 같은 삶"(「민들레 같은」), "낡은 둥지를 지키고 있는/ 아버지의 축 처진 날개가 투영되며/ 또 한 번 목이 메인다"(「둥지를 떠난 새」), "저녁이면 집 나갔던 식솔들/ 돌아와 귀뚜라미처럼 왁자지껄/ 사랑꽃을 피우던 집"(「벽화」)에서도 가족애를

십분 느낄 수 있다. 경제 발전, 정치적 안정, 외교 안보도 중요하지만 이 사회를 이루는 가장 작은 단위인 가족공동체가 무너지면 안 된다는 시인의 생각이 느껴지는 시편들이 있어서 지금까지 논의해 보았다.

앞에서 언급했었지만 이 시집의 중요한 또 하나의 화두는 '자연'이다. 여기서 자연은 문명의 반대말이다. 우리 인간의 자연 파괴는 뽕나무밭을 푸른 바다로 만들 정도다. 전 세계에서 하루에 굴러가는 자동차의 대수를 생각해보자. 가동하는 원자력발전소의 수를 생각해보자. 잡아먹는 소와 돼지의 수를 생각해보자. 지구가 언제까지 버틸 수 있을까?

의림지 폭포 속으로 걸어 들어갔다

돌창 밖 낙숫물 같은 물줄기가

귀청을 두드리며,

유년의 무지갯빛 여름이 그려진다.

깨당 벗고 들어간 가느실 용추폭포

바위 뒤에 숨어 훔쳐보던 바깥 풍경은

순백의 망막에 색을 입히는

단원의 빨래터 같은 신비한 그림이었다

21세기 최대의 문명은

겉과 속이 다른 세상을 쉼 없이 방출하는

손바닥 안의 별천지

지하철에서, 길거리에서, 틈만 있으면

걸어 들어가고, 기어들어 가고

빨려 들어가고 있다

동전의 양면을 볼 수 없는

그 폭포 속으로

- 「스마트폰 속으로」 전문

앞의 2연은 자연의 세계다. 제천 의림지에 있는 폭포가 용추폭포다. "바위 뒤에 숨어 훔쳐보던 바깥 풍경은/ 순백의 망막에 색을 입히는/ 단원의 빨래터 같은 신비한 그림"이었다. 단원 김홍도가 폭포 풍경에 매료되어 그림도 그렸었던가 보다. 자 그런데 뒤의 2연은 문명의 세계다. 용추폭포가 손바닥만 한 스마트폰 안에 담긴다. 우리 인간은 "지하철에서, 길거리에서, 틈만 있으면/ 걸어 들어가고, 기어들어 가고/ 빨려 들어가고 있다". 스마트폰 속 사진으로, 또한 "동전의 양면을 볼 수 없는/ 그 폭포 속으로" 우리는 빨려 들어가고 있다. 이번 시집에서 특별히 문명비판의 주제를 지닌 시는 보이지 않지만 자연의 자연스러움을 노래한 시는 많다. 자연에는 무엇이 있는가? 포유동물, 식물, 곤충, 조류, 어류……. 무수히 많은 생명체가 있다.

가을빛이 노글노글 내리깔린 창가

줄지어 늘어선 길이 보인다

더듬이 따라 길게 이어진 피난길

제 몸집보다 더 큰 짐을 이고 지고

허리가 끊어질 듯 끊어질 듯

다붓다붓 줄지어 간다

오가다 마주치면 속닥이다가

또 제 갈 길을 가는

살아있음을 고하고 있는 움직임

일을 찾아 일에 묻혀 사는 날들

지하도 박스 상자에

몸을 구겨 넣고 있는 그들보다

더 힘세고 활기찬 그들

해 떨어지기 전

과자 부스러기는 모두

베란다 밖으로 옮겨져 있었다

- 「일개미」 전문

일개미는 집단으로 모여서 일을 한다. "지하도 박스 상자에/ 몸을 구겨 넣고 있는 그들"은 노숙자다. 인간의 일부는 무위도식하고 있는데 일개미는 "제 몸집보다 더 큰 짐을 이고 지고/ 허리가 끊어질 듯/ 다붓다붓 줄지어" 간다. 게다가 개미들에 의해 "해 떨어지기 전/ 과자 부스러기는 모두/ 베란다 밖으로 옮겨져 있었다"고 한다. 개미의 생명력이랄까 생존력이랄까, 그들의 악착같음을 본받아야 한다고 시인은 말하고 있는 것이다.

봄의 취기를 머금은 바람

산등성이 굽은 등을 타고 온다

길가 쭈그려 앉은 마른 검불 속

계란 프라이 같은 꽃접시가 마구 잘린다

예초기 굉음이 지나간 자리

먼지만 풀썩이는 메마른 자갈 틈에

삐죽이 고개를 내밀고 있는 새싹

척박한 곳일수록 좋다

묵정밭도 순식간에 제국을 만든다

제초제를 맞고도 비틀비틀 일어서는

지천에 깔린 개망초

저 끈질긴 힘은 어디에서 오는가

멀리 북아메리카에서 귀화해 혼 화신

개 씨라는 성을 달고 살아가는 데는

그럴 만한 이유가 있었다

외면 속에서 연명의 힘은 서로 뭉치는 것

살기 위한 몸부림

질기다

– 「질기다」 전문

이 시는 개망초의 끈질긴 힘을 예찬하는 것이 주제다. "제초제를 맞고도 비틀비틀 일어서는/ 지천에 깔린 개망초"가 왜 '개'라는 성을 갖고 있는지 독자에게 묻고 있다. "외면 속에서 연명의 힘은 서로 뭉치는 것"에 있으니 우리는 개망초의 질긴 "살기 위한 몸부림"을 본받아야 한다.

살아 있는 한 열심히 살아야 하거늘 우리나라에 1년에 자살로 죽는 사람이 13,000여 명이다. 시인은 인간 세상의 일은 말하지 않고 있지만 살기 위한 몸부림이 그 무엇보다도 질긴 개망초를 본받자는 말을 하고 싶었던 것이리라. 또한 능소화가 "낙화의 순간에도/ 독을 품고 떨어지는/ 저 자존심"(「능소화」)을 갖고 있기에 "닮고 싶어라"라고 말하는 것이다. 앵두꽃에서는 풍만한 여인의 몸매를 연상해 가슴이 뛴다.

양지바른 장독대 옆

은빛 원피스 입고 선 풍만한 여인

솜털까지도 눈부셔라 저 꽃등

폴폴 들려오는 풍문의 질투

하늘로 하늘로 반사되는 은침들

화냥기 없이도 훅 달아올라

달콤하게 익어갈 몸매

선홍빛 탱글한 그 입술 생각하면

차마 먼발치서 보기만 해도

가슴 뛰는 한낮

– 「앵두꽃」 전문

이와 같이 어떤 생명체 대상을 갖고 시를 쓸 때 시인은 그 생명체의 특징을 잘 짚어내 묘사하는 일에 혼신의 열정을 다한다. 이와 같이 자연을 이루고 있는 온갖 생명체에 대한 묘사가 시집에서 또 하나의 시 세계를 이루고 있다. 그런 점에서 아주 이색적인 시가 한 편 있다.

너와 처음 만났을 때

덩치가 크다고 다들 한마디씩 했었지

난 그래도 듬직한 네가 마음에 들었어

내가 너를 좋아하면 할수록

언제나 너는 내 곁에 있었지

봄밤 박달재 언덕에서

꽃망울 터지는 소릴 들으며

보름달을 내 안으로 불러들인 적도 있었지

땅끝마을에 갔을 땐

신발이 닳도록 널 혹사시켰어도

넌 불평 한번 안 하며 나를 따랐지

그러나 세월은 못 속이는가 보더라?

무주를 갔다 올 땐

네가 힘들다며 주저앉는 바람에

당황한 적도 있었어

－「미안하다 8237」 앞부분

누구 이야기를 하고 있는 것일까. 눈치를 챈 사람도
있겠지만 승용차 이야기다. 문명의 이기로서 무정물이

지만 인생 행로에 오랫동안 함께 해준 길동무이기도 했다. 화자는 박달재며 땅끝마을이며 무주며 이 차를 몰고서 전국을 누비고 돌아다녔다. 그러나 차도 수명이 있다.

> 그동안 네가 내게 만족을 준 만큼
>
> 난 너에게 해준 게 없어
>
> 나를 위해 너에게 최소한의 투자를 한 것뿐
>
> 인간이 가진 욕구가 거품처럼 부풀어 오르며
>
> 난 또 다른 욕심을 채우기 위해
>
> 너와의 소중한 인연을 가슴에 담는다
>
> 미안하다 8237
>
> 갤로퍼Ⅱ
>
> — 「미안하다 8237」 끝부분

사륜구동으로 덩치가 꽤 큰 갤로퍼Ⅱ는 지프의 기능을 훌륭히 수행했지만 나이가 되니 폐차를 해야 한다. 8237번을 갖고 있던 정든 갤로퍼와의 인연을 추억하면서 시를 썼다.

시인은 시를 쓰면서 인생의 후반기를 정리하고자 한다. 사람들은 죽을 때까지 돈을 버는 일에 골몰하고 명

성을 높이는 일에 몰두한다. 잘난 체하는 것이 인간의
기본적인 속성인지도 모르겠다. 하지만 시를 쓰는 일은
마음을 닦는 일이다. 수양하는 일이다.

지나가는 자동차에 반색하며

온몸 흔들어대는 코스모스처럼

누군가를 기다리며

누군가를 그리워하며

누군가의 가슴속에 남아 있기 위해

몸부림치는지도 모르겠다

가을에 머물고 싶은 나이

다가올 삼십 년의

아름다운 관계를 위해

홀로 서는 법을 배운다

− 「행운을 찾아서」 후반부

흔히 현대를 가리켜 백세시대라고 하는데 한인석 시
인의 지금 나이를 모르므로 다가올 30년이 어떤 기간
인지는 모르겠다. 하지만 "가을에 머물고 싶은 나이"에
"다가올 삼십 년의/ 아름다운 관계를 위해/ 홀로 서는 법

을 배운다"고 하였다. 아름다운 관계를 위해 홀로 서는 법을 배운다니, 역설적인 표현이다. 하지만 인간은 나이를 먹을수록 경제적 독립과 주체적인 자아 확립이 중요한데 그 이야기를 하고 있는 듯하다.

또 한 편 이색적인 시가 있다. 자신을 교도소에 수감되어 있는 재소자로 설정하여 쓴 시가 있는데, 아마도 실 체험이 아니라 추체험의 산물일 것이다.

왠지 편하다

거추장스러울 게 없다

버티고 발뺌하고 부인할 필요가 없어진

그저 순종하게 만드는 옷

이미 엎질러진 물을 닦으라고 강요하고 있는

단 한 벌의 가리개

부정맥으로 뛰는 가슴에

씻을 수 없는 낙인으로 박힌

수인번호

숨겨둔 영혼까지 파고든다

생전 처음 입어보는 헐렁한 옷이 말한다

모든 것을 내려놓으라고,

막이 내려진 연극을 회상하면서

출연자들을 생각한다

평생에 입어볼 것이라고는

생각도 못 했던 푸른 제복

영혼은 이미 수의壽衣를 입고 있다

－「수의」 전문

제목은 죄수복을 뜻한다. 하지만 같은 발음이지만 뜻이 다른 수의는 장례 절차 과정에서 사자가 입는 옷이다. 우리 인간은 신이 아니기에 모두 크고 작은 죄를 지으면서 살아간다. 중한 죄를 지어 벌을 받는 경우에는 옥살이를 하지만 대다수 사람은 종교에 의지해 고해도 하고 반성도 한다. 이 시의 화자는 죄수복이 "버티고 발뺌하고 부인할 필요"가 없게 하는 옷, "그저 순종하게 만드는 옷"이라고 한다. "이미 엎질러진 물을 닦으라고 강요하고 있는/ 단 한 벌의 가리개"라는 표현이 재미있다. 그 옷에는 번호가 부착되어 있다. "부정맥으로 뛰는 가슴에/ 씻을 수 없는 낙인으로 박힌/ 수인번호"다. 각자 '인간희극'(발자크)의 출연자들인데 "막이 내려진 연극을 회상하면서" 출연자들은 생각한다고 한다. "평생에 입어볼 것이라고는/ 생각도 못 했던 푸른 제복"을 입고 있는 각자의 "영혼은 이미 수의를 입고 있다"고. 신 앞에서 우리는 모두 죄인이다. 성직자라고 해서 신의 심판을 피할 수는 없고, 평생 법 없이 살 사람이라고 칭송을 들었던 사람이라고 해서 신 앞에서도 완벽하게 무죄일 수는 없다. 우리는 모두 자연의 일부로 돌아갈 때는 수의(壽衣)를 입게 되는데, 그것이 사실은 수의(囚衣)가 아닐까 하는 생각이 탄생시킨 시편일 것이다.

지금까지 해설자는 한인석 시인의 시를 가족과 자연, 문명과 인간의 관점에서 짚어보았다. 이번 시집이 앞으로 더욱 치열하게 행해질 시인의 시적 행로에 하나의 이정표가 될 거라고 믿는다. 어떤 길로 접어들어 달려갈지를 뭇 독자와 함께 궁금히 여기며 지켜볼 것을 약속드린다.

공감시인선 50

양은 도시락
ⓒ 한인석, 2022

지은이_ 한인석

발행인_ 이도훈
편 집_ 유수진
교 정_ 김미애
펴낸곳_ 도서출판 도훈
초판발행_ 2022년 9월 28일

사무실_ 서울시 서초구 법원로3길 19, 2층 W109호
       (서초동, 양지원빌딩)
전 화_ 02) 595-4621, 010-6722-4621
팩 스_ 0504-227-4621
이메일_ flyhun9@naver.com
홈페이지_ www.dohun.kr

ISBN_ 979-11-92346-21-2 03810
정 가_ 10,000원

이 책은 충청북도, 충북문화재단의 후원으로
문화예술육성지원사업 일환으로 지원받아 발간되었습니다.